Madame
Poipoi

Monsieur
Henri

Gino
Marito

Rémi
Lepoivre

Adrien
Dubouchon

Méla
Lar

Tom-Tom et Nana

Allez, les monstres !

Scénario : Jacqueline Cohen, Evelyne Reberg.
Dessins : Bernadette Després - Couleurs : Catherine Legrand.

A LA BONNE FOURCHETTE

Marie-Lou Dubouchon

Yvonne Dubouchon

Nana Dubouchon

Tom-Tom Dubouchon

Treizième édition
© Bayard Éditions Jeunesse, 2001
© Bayard Éditions / *J'aime Lire*, 1994
ISBN: 2 7470 1395 2
Dépôt légal: Janvier 2004
Droits de reproduction réservés pour tous pays
Toute reproduction, même partielle, interdite
Imprimé en Pologne
Les aventures de Tom-Tom et Nana sont publiées
chaque mois dans *J'aime Lire*,
le journal pour aimer lire.
J'aime Lire, 3 rue Bayard, 75008 Paris

La fête de l'horreur

183-3

(193-5)

11

199-7

13

(193-9)

Allez, les vers!

18

19

194.5

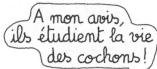

194-7

194.9

Vite fait, bien fait

27

(195-3)

Star de choc

37

Tom-Tom et Nana : allez, les monstres !

Tom-Tom et Nana : allez, les monstres !

Le lendemain...

Sniff !...Mon spectacle est fichu!

Arrête de geindre!

Sniiiiif! Je devais faire un triomphe!

T'inquiète pas, j'ai tout arrangé!

Ah?!?

Tu vas jouer quand même!

Sans blague?

Tu auras le rôle le plus important!

Et on me verra ?

Tu seras en plein sur le devant de la scène!

Allons y!

136-3

A bas les vacances!

47

51

La pleurnichouille

(199-5)

61

A chacun son carrosse

67
200-3

69

Tom-Tom et Nana : allez, les monstres !

72

Le grigri de Tartousie

Je viens de gagner un sac de billes!

cling!
cling!

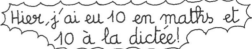

Hier, j'ai eu 10 en maths et 10 à la dictée!

cling!

Mon père a gagné 10 francs au loto!

Sans blague!

WAOUH! Je suis assommé de bonheur!

cling!

Tout ça grâce à mon grigri!

Où tu l'as eu?

Chez madame Ziza!

Venez voir!

Allez!... Pour gagner au loto!

Pour avoir des 10 partout!

Non, non et NON!

On n'a jamais rien, ici!

Puisque c'est comme ça, je fais la grève du bonheur!

A moi le malheur!

CAVE

196-5

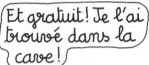

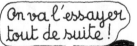

Je vous invite tous les deux à mon anniversaire!

Elle m'a embrassé!!! C'est inouï ce qui nous arrive!

On va le dire aux parents!

Oh! Les beaux pompiers!

Juste devant la maison!

De plus en plus génial!

196·9

L'invitée modèle

(204.3)

Bonne année, madame Dubouchon!

Oooh! Qu'elle est chou!

Merci de m'avoir invitée!

Je vais me laver les mains, si vous me le permettez!

Qu'est-ce qui lui prend?

Un peu d'épinards à la crème?

Oui, merci!

Des nouilles! Des nouilles!

204.10

94

Tom-Tom et Nana

T'es zinzin
si t'en rates un !

☐ N° 1

☐ N° 2

☐ N° 3

☐ N° 4

☐ N° 5

☐ N° 6

☐ N° 7

☐ N° 8

☐ N° 9

☐ N° 10

☐ N° 11

☐ N° 12

☐ N° 13

☐ N° 14

☐ N° 15

☐ N° 16

☐ N° 17

☐ N° 18

☐ N° 19

☐ N° 20

☐ N° 21

☐ N° 22

☐ N° 23

☐ N° 24

☐ N° 25

☐ N° 26

☐ N° 27

☐ N° 28

☐ N° 29

☐ N° 30

☐ N° 31

☐ N° 32

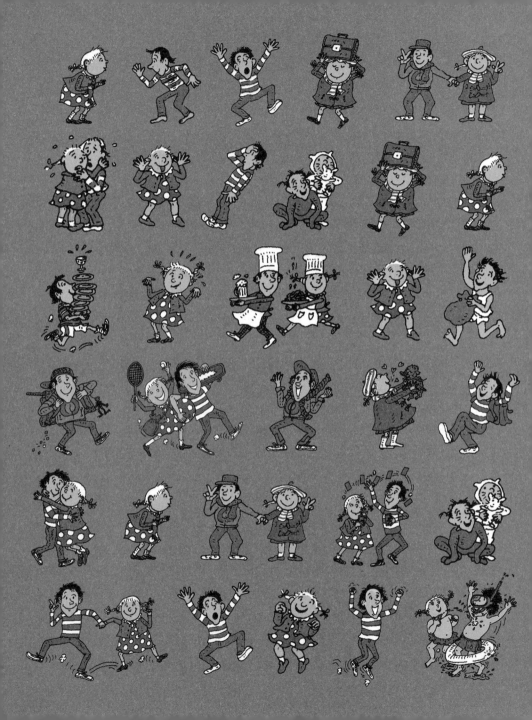